MME ANNIVERSAIRE

MME ANNIVERSAIRE

Roger Hargreaves

hachette
JEUNESSE

Madame Anniversaire adore chaque jour de l'année,
car c'est toujours l'anniversaire de quelqu'un.

Et madame Anniversaire adore faire des cadeaux !
Elle aime les choisir, les emballer et les offrir.

Elle peut se vanter d'avoir toujours trouvé
le cadeau parfait.

Aussi difficile la personne fût-elle.

L'année précédente, elle avait offert à monsieur Tatillon
un tout petit fer pour repasser ses lacets.
C'était exactement ce qu'il voulait. Personne
n'avait jamais vu monsieur Tatillon aussi heureux.

Elle avait offert à madame Vedette une radio
qui lançait une salve d'applaudissements
à chaque fois qu'elle l'allumait.

Et elle avait trouvé pour monsieur Malchance un lit sans pieds. Plus de réveil intempestif en pleine nuit quand monsieur Malchance tombait de son lit !

Madame Anniversaire avait un livre spécial
pour l'aider à se souvenir de tous les anniversaires.

Un très gros livre.

Ce jour-là, madame Anniversaire tourna les pages
pour voir quels étaient les prochains événements.

« Monsieur Endormi, lut-elle. Facile ! Je vais lui offrir
un réveil sans sonnerie. Ensuite, ah, monsieur Farfelu… »

Madame Anniversaire eut soudain l'air inquiet.
Aucune idée de cadeau ne lui venait pour monsieur Farfelu.

« Réfléchis encore », se dit-elle.

Mais plus elle réfléchissait, plus elle était perplexe.
Tout ce à quoi elle pensait ne convenait pas.

Le lendemain, elle eut du temps pour réfléchir,
car c'était l'anniversaire de madame En Retard.
Et évidemment, celle-ci était... en retard !

Quand elle finit par arriver, elle adora son cadeau.

C'était un arrêt de bus.

Plus besoin de courir après le bus,
puisqu'elle avait son arrêt avec elle !

Cette nuit-là, madame Anniversaire dormit à peine.

L'anniversaire de monsieur Farfelu approchait
et elle ne savait toujours pas quoi lui offrir.

Le lendemain, elle décida que le mieux était de lui rendre visite, en espérant qu'il lui donnerait quelques idées.

Monsieur Farfelu habitait dans une maison… farfelue !

Quand madame Anniversaire sonna, il n'y eut pas de « ding dong », il n'y eut même pas de sonnerie.

Sais-tu quel bruit faisait sa sonnette ?

OINK ! OINK !

« Entrez, entrez ! » dit monsieur Farfelu, en ouvrant la porte et en se précipitant dehors.

Monsieur Farfelu et madame Anniversaire s'installèrent confortablement dans le jardin.

Ils eurent une longue conversation, qui n'avait aucun sens. Madame Anniversaire passa néanmoins un très bon moment.

Malheureusement, la discussion ne lui donna aucun indice sur le cadeau idéal.

Le lendemain, madame Anniversaire partit en promenade.

« Qu'est-ce qui pourrait faire plaisir à monsieur Farfelu ? »
se demandait-elle, en regardant les feuilles tomber.

Elle dit bonjour à monsieur Méli-Mélo, qui passait par là.

« Bonsoir, répondit-il. Belle journée d'été, n'est-ce pas ? »

« Mais, ce n'est pas l'été… » commença
madame Anniversaire. Elle eut alors une idée.

« J'ai trouvé ! Merci, monsieur Méli-Mélo ! »
s'écria-t-elle, en courant faire ses préparatifs.

Bientôt, le grand jour arriva. Madame Anniversaire se rendit chez monsieur Farfelu, avec son cadeau.

Monsieur Farfelu avait entendu la sonnerie, « OINK ! OINK ! », mais il s'obstinait à ouvrir la mauvaise porte.

Il avait ouvert celles du garde-manger, du placard, du frigo, avant de finalement ouvrir la porte d'entrée.

« Au revoir ! dit monsieur Farfelu, pour l'accueillir.
Vous m'avez apporté un cadeau, observa-t-il.
Ce doit être… »

Mais avant que monsieur Farfelu ait pu ajouter un mot,
madame Anniversaire s'écria « Joyeux Noël ! »
et lui donna un cadeau emballé dans du papier de Noël.

Monsieur Farfelu, très surpris, prit le cadeau.

« J'allais justement dire que c'était Noël ! s'écria-t-il.
Pour une fois, je ne m'étais pas trompé ! »

Monsieur Farfelu était aux anges. Madame Anniversaire
lui avait fait le plus beau cadeau du monde :
monsieur Farfelu voulait juste avoir raison !

Monsieur Farfelu déchira le papier cadeau.

Madame Anniversaire lui avait offert une luge.

« C'est fantastique ! se réjouit monsieur Farfelu.
J'ai toujours rêvé…

… d'un vélo ! »

RÉUNIS VITE LA COLLECTION ENTIÈRE

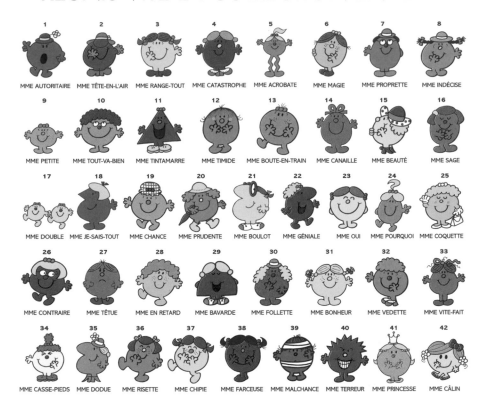

1 MME AUTORITAIRE
2 MME TÊTE-EN-L'AIR
3 MME RANGE-TOUT
4 MME CATASTROPHE
5 MME ACROBATE
6 MME MAGIE
7 MME PROPRETTE
8 MME INDÉCISE

9 MME PETITE
10 MME TOUT-VA-BIEN
11 MME TINTAMARRE
12 MME TIMIDE
13 MME BOUTE-EN-TRAIN
14 MME CANAILLE
15 MME BEAUTÉ
16 MME SAGE

17 MME DOUBLE
18 MME JE-SAIS-TOUT
19 MME CHANCE
20 MME PRUDENTE
21 MME BOULOT
22 MME GÉNIALE
23 MME OUI
24 MME POURQUOI
25 MME COQUETTE

26 MME CONTRAIRE
27 MME TÊTUE
28 MME EN RETARD
29 MME BAVARDE
30 MME FOLLETTE
31 MME BONHEUR
32 MME VEDETTE
33 MME VITE-FAIT

34 MME CASSE-PIEDS
35 MME DODUE
36 MME RISETTE
37 MME CHIPIE
38 MME FARCEUSE
39 MME MALCHANCE
40 MME TERREUR
41 MME PRINCESSE
42 MME CÂLIN

MME NOËL

MME NOËL

Roger Hargreaves

hachette
JEUNESSE

Madame Noël habite un igloo au pôle Nord,
tout près de son oncle, le Père Noël, mais très loin
de son frère, monsieur Noël.

Madame Noël aide le Père Noël à emballer les paquets.

Comme vous pouvez l'imaginer, il y a vraiment
beaucoup de cadeaux à emballer. Cela l'occupe
toute l'année. Même si madame Noël aime son travail,
il y a des fois où elle en a un peu assez.

L'année précédente, après avoir passé tout son temps plongée dans les papiers cadeau et le ruban adhésif, madame Noël s'était dit qu'elle méritait des vacances.

Elle avait presque terminé ses emballages et pensait que le Père Noël pourrait facilement les finir lui-même.

Elle demanda à son frère du pôle Sud de venir l'aider.

Grâce à sa théière volante magique, monsieur Noël fila vers le pôle Nord et arriva le jour où madame Noël partait en vacances.

« N'oubliez pas d'emballer les derniers paquets !
leur rappela madame Noël avant de prendre l'avion.
Car je ne reviendrai qu'à la veille de Noël. »

« Ne t'inquiète pas, rétorqua le Père Noël de sa grosse
voix. Nous avons tout le temps ! Nous aurons terminé
bien avant ton retour. »

Le lendemain, après avoir mangé du gâteau de Noël
pour leur petit déjeuner, le Père Noël et monsieur Noël
s'installèrent dans la salle à emballer les cadeaux
et se mirent au travail.

« En fait, cela sera très rapide, et nous avons tellement
de temps ! dit le Père Noël, une heure plus tard.
Que dirais-tu d'une partie de golf ? »

« Excellente idée », répondit monsieur Noël.

Et ils passèrent le reste de la journée
à jouer au golf ensemble.

PÔLE NORD

Le matin suivant, ils s'installèrent pour travailler.
Mais une heure après, le Père Noël eut une nouvelle
idée : « Aimerais-tu faire une course de rennes ?
Nous avons encore bien le temps de finir les paquets. »

« Excellente idée », acquiesça monsieur Noël.

Et ils passèrent le reste de la journée à faire
des courses de rennes à travers la banquise.

Le jour suivant, ils ne se rendirent même pas
dans la salle à emballer les cadeaux.

« Nous avons encore tout le temps d'emballer
les cadeaux. Si nous allions à la pêche, aujourd'hui ? »
suggéra le Père Noël au petit déjeuner.

« Excellente idée », dit monsieur Noël, enthousiaste.

Et les choses continuèrent ainsi.

Pendant ce temps, madame Noël se reposait
sur une plage des îles Noël (évidemment !).
Elle était à cent lieues d'imaginer que le Père Noël
et monsieur Noël passaient beaucoup de temps
à s'amuser et très peu à faire les paquets.

Aussi ne seras-tu pas surpris d'apprendre que les paquets n'étaient pas prêts quand madame Noël fut de retour.

« Qu'avez-vous fait pendant tout ce temps ? » s'exclama-t-elle devant la pile de cadeaux.

Le Père Noël et monsieur Noël fixaient leurs pieds d'un air penaud.

« Comment allons-nous faire pour tout emballer avant demain soir ? » ajouta-t-elle, en colère.

Heureusement, madame Noël eut rapidement une idée.

Une excellente idée.

« On va demander à tous les Monsieur Madame
de nous aider ! Tu iras les chercher avec ta théière
volante ! » cria-t-elle en direction de monsieur Noël.

À l'heure du dîner, monsieur Noël avait réuni
le plus de Monsieur Madame possible,
et il les conduisit au pôle Nord.

Ils travaillèrent courageusement toute la nuit.
Madame Noël avait, bien entendu, fait attention
aux tâches qu'elle confiait à chacun.

Monsieur Malchance emballa seulement les ours
en peluche, car il cassait tous les autres cadeaux.

Madame Autoritaire gardait un œil attentif sur madame
Canaille pour qu'elle cesse de mettre de désagréables
surprises dans les emballages.

Mais tout ne se déroulait pas tout à fait comme prévu.

Monsieur Méli-Mélo écrivait « Joyeuses Pâques »
sur les étiquettes.

Madame Catastrophe faisait tout son possible, mais elle
avait quelques mésaventures avec le ruban adhésif.

Monsieur Étourdi oubliait de mettre les cadeaux
dans les paquets.

Quant à monsieur Sale, on reconnaissait facilement
les cadeaux qu'il avait emballés !

Cependant, à la veille de Noël, à midi, tous les cadeaux étaient emballés, étiquetés et rangés dans le traîneau du Père Noël.

« Merci infiniment, dit madame Noël. Je ne sais pas comment nous aurions fait sans votre aide. Il y aurait eu des sapins de Noël sans cadeaux… Maintenant, il nous manque juste le Père Noël ! Quelqu'un l'a-t-il aperçu ? »

Mais personne ne savait où il était.

Finalement, madame Noël le trouva en train de jouer aux cartes – avec monsieur Noël, bien sûr !

« Dépêchez-vous ! cria-t-elle. Vous êtes en retard ! »

« Ne t'inquiète pas, lui répondit en riant le Père Noël.

Nous avons encore tout notre temps ! »

RÉUNIS VITE LA COLLECTION ENTIÈRE

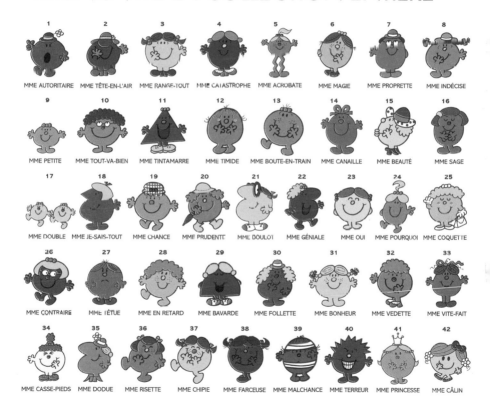

1 MME AUTORITAIRE
2 MME TÊTE-EN-L'AIR
3 MME RANGE-TOUT
4 MME CATASTROPHE
5 MME ACROBATE
6 MME MAGIE
7 MME PROPRETTE
8 MME INDÉCISE

9 MME PETITE
10 MME TOUT-VA-BIEN
11 MME TINTAMARRE
12 MME TIMIDE
13 MME BOUTE-EN-TRAIN
14 MME CANAILLE
15 MME BEAUTÉ
16 MME SAGE

17 MME DOUBLE
18 MME JE-SAIS-TOUT
19 MME CHANCE
20 MME PRUDENTE
21 MME DOULOT
22 MME GÉNIALE
23 MME OUI
24 MME POURQUOI
25 MME COQUETTE

26 MME CONTRAIRE
27 MME TÊTUE
28 MME EN RETARD
29 MME BAVARDE
30 MME FOLLETTE
31 MME BONHEUR
32 MME VEDETTE
33 MME VITE-FAIT

34 MME CASSE-PIEDS
35 MME DODUE
36 MME RISETTE
37 MME CHIPIE
38 MME FARCEUSE
39 MME MALCHANCE
40 MME TERREUR
41 MME PRINCESSE
42 MME CÂLIN

DES **MONSIEUR MADAME**

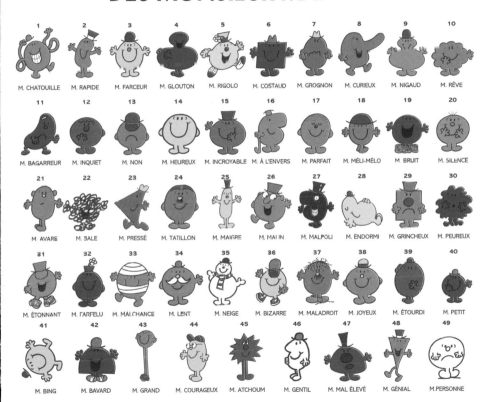

1	2	3	4	5	6	7	8	9	10
M. CHATOUILLE	M. RAPIDE	M. FARCEUR	M. GLOUTON	M. RIGOLO	M. COSTAUD	M. GROGNON	M. CURIEUX	M. NIGAUD	M. RÊVE
11	12	13	14	15	16	17	18	19	20
M. BAGARREUR	M. INQUIET	M. NON	M. HEUREUX	M. INCROYABLE	M. À L'ENVERS	M. PARFAIT	M. MÉLI-MÉLO	M BRUIT	M. SILENCE
21	22	23	24	25	26	27	28	29	30
M AVARE	M. SALE	M. PRESSÉ	M. TATILLON	M. MAIGRE	M. MALIN	M. MALPOLI	M. ENDORMI	M. GRINCHEUX	M. PEUREUX
31	32	33	34	35	36	37	38	39	40
M. ÉTONNANT	M. FARFELU	M. MALCHANCE	M. LENT	M. NEIGE	M. BIZARRE	M. MALADROIT	M. JOYEUX	M. ÉTOURDI	M. PETIT
41	42	43	44	45	46	47	48	49	
M. BING	M. BAVARD	M. GRAND	M. COURAGEUX	M. ATCHOUM	M. GENTIL	M. MAL ÉLEVÉ	M. GÉNIAL	M. PERSONNE	

Retrouve tous tes héros sur
www.hachette-jeunesse.com

Édité par Hachette Livre - 58, rue Jean Bleuzen 92178 Vanves Cedex
Dépôt légal : octobre 2006
Loi n° 49-956 du 16 juillet 1949 sur les publications destinées à la jeunesse.
Achevé d'imprimer en Roumanie par Canale.

Édité par Hachette Livre - 58 rue Jean Bleuzen, 92178 Vanves Cedex.
Dépôt légal : février 2007
Loi n°49-956 du 16 juillet 1949 sur les publications destinées à la jeunesse.
Imprimé par Canale Bucarest en Roumanie.

DES **MONSIEUR MADAME**

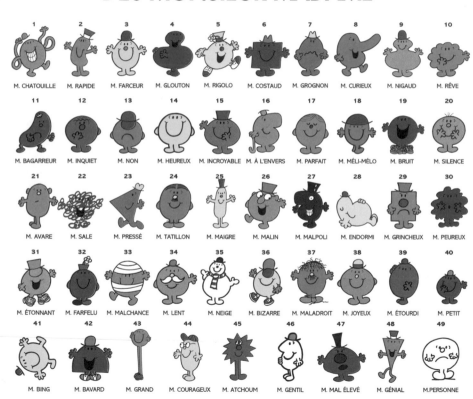

1 M. CHATOUILLE	**2** M. RAPIDE	**3** M. FARCEUR	**4** M. GLOUTON	**5** M. RIGOLO	**6** M. COSTAUD	**7** M. GROGNON	**8** M. CURIEUX	**9** M. NIGAUD	**10** M. RÊVE
11 M. BAGARREUR	**12** M. INQUIET	**13** M. NON	**14** M. HEUREUX	**15** M. INCROYABLE	**16** M. À L'ENVERS	**17** M. PARFAIT	**18** M. MÉLI-MÉLO	**19** M. BRUIT	**20** M. SILENCE
21 M. AVARE	**22** M. SALE	**23** M. PRESSÉ	**24** M. TATILLON	**25** M. MAIGRE	**26** M. MALIN	**27** M. MALPOLI	**28** M. ENDORMI	**29** M. GRINCHEUX	**30** M. PEUREUX
31 M. ÉTONNANT	**32** M. FARFELU	**33** M. MALCHANCE	**34** M. LENT	**35** M. NEIGE	**36** M. BIZARRE	**37** M. MALADROIT	**38** M. JOYEUX	**39** M. ÉTOURDI	**40** M. PETIT
41 M. BING	**42** M. BAVARD	**43** M. GRAND	**44** M. COURAGEUX	**45** M. ATCHOUM	**46** M. GENTIL	**47** M. MAL ÉLEVÉ	**48** M. GÉNIAL	**49** M.PERSONNE	